JN116642

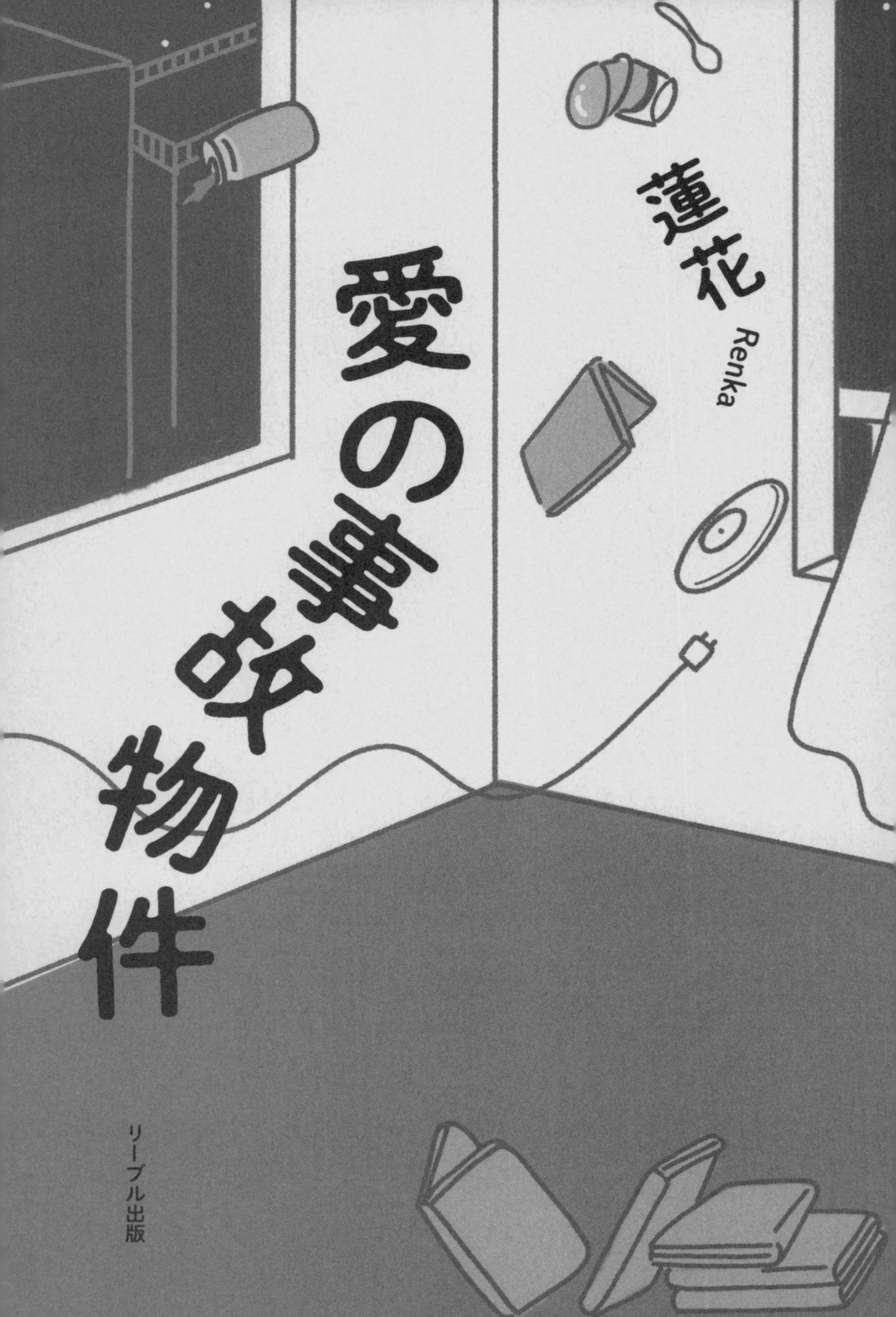
蓮花
Renka
愛の事故物件
リーブル出版

もくじ

愛 の 事 故 物 件

1 愛の事故物件

「やったぁー!!　融資通った！　すごいじゃん私。エライじゃん！　私」

フルリノベーション物件で52平米1LDK。さらに駅から徒歩7分。

北西側の角部屋。どっちを向いてようがかまわなかった。だって、昼間は寝てるだけだし夜は仕事で出かけちゃうものね。

私の名前は蓮珠(れんじゅ)。これといって特徴もないごくごく普通の独身女性だった。

学生時代からの友人たちは皆1度目の結婚を経験し、早い人は出戻り2度目の結婚生活を継続していた。

それに引き換え私は浮いた噂もまったくなく、というより不規則極まりないエンタメ業界で働いているので一般的な会社員の感覚とはかなり常識や感覚がずれている人生を送っていた。勤務態度良好、取引先の評判もいいし、気も利く。男性スタッフや共演者からも人気があった。

なのに、なぜ？　彼氏ができない？　彼氏いない歴期間更新中。告白されたことだって何回もあった。

でも、あれこれと考え込んでいるうちに相手から「迷惑だったよね？　ごめんね」と謝られること数回。天性の恋愛下手でもあった。

恋愛ドラマの主人公になれるような華やかさもないし、かといって一人でどこへでも行っちゃう行動力があり寂しいアラフォーには見えなかった。

そんな私が長年の夢だったマンションの購入に向けて第一歩を踏み出したのはちょうど半年前だった。

もともと趣味が「習い事」というとんでもない私が、自分磨きのためと称して、いま流行りのズンバからピラティス、英会話だけでやめておけばいいのに、マニアックなスワヒリ語講座、ちょこっとジム、もし万が一お嫁に行けた場合を想定してお料理教室などなど月々のお月謝は軽く5万を超えていた。1カ月のギャラは会社員と違って完全歩合制のため収入の変動が激しい。

仕事に関係する習い事ならまだしも、料理教室はスタイリストで親友の明日海ルカが真っ青な奇抜ヘアの見た目と真逆で何でも上手にこなす姿にあこがれて習い始めたという単純な理由だった。

だが美味しいものを食べるのが大好き、作れないなら買って食べりゃいいだろう。

私のエンゲル係数100パー超え。そりゃ家計見直さなくちゃ給料日前は賞味期限切れ間近の値下げパンしか食えないな。

「ルカ～、またやっちゃった（涙）」

「蓮ちゃんって学習能力ないよね？　エンタメ業界で仕事してるんだったら身体が資本でしょ!!」

怒られてもあきれられてもヘルプコールを頻繁に明日海に送る月末だった。

女ざかりの微妙な年齢。恋人もいなけりゃ、仕事で一生食っていくだけのスキルもない。

兄弟いない一人っ子。親亡きあとはマジ、誰にも頼れない。

頼れるのは自分だけって、それが一番頼りないんだよなぁ。はぁ。


あるオフの日、人生についていろいろと計算してみた。

「えぇぇ～年金だけで生活できないし、おばあちゃんになったらアパート借りるのも保証人いないから無理じゃん。やだ～みじめな孤独死確定なんて!!!」


私は昔から根が真面目過ぎて、極端な発想に突っ走ることが多かった。

今の時代、このネット社会でSNSを駆使して新たな出会いを求める人々が理解できないたちでもあった。

必要な人は、必要な時に必要なタイミングでご縁がくる。そう信じている寂しいシンデレラシンドロームのアラフォーだった。


「はい、ではこちらが新居の鍵になります」

すべての契約が終わり待ちに待ったマンションの受け渡しの日。

初めての自己所有のマンション、自分の夢と希望と現実の詰まった物件。

「さてっと、引っ越し業者が来る前に掃除しちゃおうかな」

上機嫌ですべての窓を全開にして空気を入れ替える作業を開始した。

国道を往来する大型トラックや会社の営業車。

バス停では荷物を抱えて待っている老人、子どもの手を引いているお母さん。

窓から見ているだけでも楽しい。

反対側を見ると、工業地帯がよく見える。

コンビナートから勢いよく排出される煙、若干匂ってくる化学薬品の臭い。

「う〜ん、環境汚染なのかな？　豆腐の匂いがするけど、これって工場の匂いだよね。豆腐なら私の大好物だし、まっ、いっか」

四角いリビングを丸く雑巾で拭いていく。真新しいリビングのフローリングに京都の円形の砂紋が描かれていく。

これで家具が配置されて、しばらく掃除しなかったら枯山水みたいになるのかな？　などとズボラな性格で想像してにやりとする。

「人間埃では死なないし、ちょっと汚い方が免疫力もアップする」

これが私のモットー。

ピンポーン。

「はいは〜い。えっと、インターホンの解除、これだっけ？　あれ？　こっち？」

最新のモニターホンに苦戦しながら、タッチパネルを端から押してみる。

不動産の担当者から説明を受けていたはずなのに、まったく覚えていない。

どうにかなるだろうという楽天的な性格が仇になった。

「あれ!?　あれ？　開かない。もしも〜し、すみません」

モニターに映し出されたのは制服を着た引っ越し業者の男性３名。

オートロックの扉が開かず困惑している様子。

「もしも〜し、あのぉ、聞こえませんか？」

業者の表情を見て焦ってくる私。開け！　開けドア！　モニターに向かって呪文のように叫んでいる私。

あれ!?　あれ!?　これかな？　こっち？　タッチパネルが反応しない。

「私、生きているのに!!　なんで反応しないのよーーーーーーー!!」

ドン！　勢いよくモニターをたたいた瞬間奇跡が起きた。

ヴィーーーーン。

ちょうど住人が外出するタイミングだったようでドアが開いたのだ。

「ありがとうございます。引っ越し業者です、今から伺いますね」

ドアが開いてホッとした様子がモニターに映し出された。

ほどなくして新しく購入した家具が運び込まれてきた。

ベット、洗濯機、テレビ、冷蔵庫。

まるで単身赴任のお父さんの引っ越し貨物のようでもあった。


さすが、引っ越し業者は手慣れた手つきで家具を配置していく。

「えっと、ベッドはどちらに置きますか？」

小柄でガチムチの作業員に聞かれた。

「あ、はい、そっちの部屋の壁側につけてください」

窓から見えるタワーマンション群。私のマンションは一駅手前の各駅しか止まらない場所。それだけで相場よりも３００万近くも安かったんだよ。

特急の停車する駅だって頑張れば徒歩18分。健康のために歩けばいいし、疲れたときは駅までバスも15分間隔で運行しているし。

最高の立地条件じゃない。

「あのぉ～、テレビはどこに置きますか？」

あ、えっと、テレビ。テレビね、えっとラックは来月のお給料出てから買おうと思っているから、とりあえずここらに。

フローリングだってリノベーションだから新品だし、今風でおしゃれだよね。床にテレビおいてゴロゴロ寝そべりながら休日過ごすのもいいな♪

お菓子食べながら録画しておいたものを、まとめて一気見するのも贅沢な時間だし、食べこぼしてもすぐに掃除できるから便利だよね。

「あの～、すみませんが少し空けてもらえませんか？　テレビこちらに設置したいんですよね？　そこに立たれていると作業ができないのですが」

私の一人ニヤニヤ妄想にあきれたような表情の業者のお兄さん。

「あっ、ご…ごめんなさい。邪魔ですよね」

その場を避けようとした瞬間、配線コードに足を取られ華麗なピルエット2回転。

難しい左回りをきれいな左軸で回れるあたりが、本当に天然の人って恐ろしいかも。

まあ、私も一応ダンサーだからね。

自分の家なのに反省させられている生徒さながらのポーズで端っこにちんまり立っている私。両手にバケツ持たされないだけマシかな。

窓から入る風が心地いい。夢にまで見た自分だけの城。

女性がマンション買ったら結婚諦めたことになるって本で読んだけど、そんなことないものね。

これから先、王子様が現れたら新居構えなくていいもの。

未来の旦那様ってラッキーよね。マンション持ちの私と付き合えてさ。

（やめておきなって。それって駄目な男しか寄ってこないよ）

えっ？

なんかイケメンボイスが聞こえた気がするんだけど？

（俺の声が聞こえているよね？　キミみたいに恋愛に依存するタイプだとダメ男が寄ってくるぞ）

あの〜どこのどなたか知りませんが？　大きなお世話です。

私は恋愛に依存したことは一度もないし、共演者とイロコイ沙汰になったことだって一度もありません！　まあ、確かに今は彼氏すらいないけどさ。

「これで家具の設置終わりましたので、こちらにサインをください」

ヒトリゴトをぶつぶつ言っている危ない女に思われたのだろうか？

少し表情が引きつり気味の引っ越し業者のお兄さんがタブレットを差し出した。

「ではこちらで業務完了になります。このたびはご利用ありがとうございました」

さわやかに一礼をして、足早に去っていくスタッフたち。

「ふわぁ〜やっと片付いた。ガス、水道、電気開通よし。あとは冷蔵庫に入れるもの買ってこようかな」

(俺、卵焼きとハンバーグ食べたい！　あとカフェオレ飲みたいな)

えっ？　な、なに？　また声が聞こえた？

(あと、業者が帰った後だから一度軽く床を掃除した方がいいよ。それと窓開けっぱなしだから戸締りしなくちゃ。あとは、ガス、水道正常に動いているかチェックした？)

「あのね、どこのどなたか存じ上げませんが、ちゃんとチェックしたから大丈夫です!!」

って誰もいないマンションの一室で声を出して返事してる私。

それって、かなりアブナイ人になっていないかなぁ？

外からの話し声かもしれないと思いベランダに出てみる。

ちょっと背伸びして身を乗り出してみたが、行きかう人よりも、車の音で会話していたとしてもかき消されてしまう。

（ねえねえ、蓮珠ちゃんは俺の声が聞こえているんだろ？）

ぎゃーーーーーーーー!!

な、な、なに。マジやばい！　声がはっきり聞こえるし、この人私の名前呼んだ。

何で知っているの？　ス、ストーカー？　しかも、透明の⁉

「ちょっ……ちょ……っ、ちょっと事故物件にしないでよ！　契約前に不動産会社は何も言ってなかったじゃない！　幽霊と同棲なんて絶対いや!!!　私がお化け屋敷嫌いなの知らないの？」

（おいおい、ちょっと落ちつけよ。俺はオバケじゃないし、まあ……、生存はしてないけどさ。この部屋は俺が生前住んでいた場所なんだよ）

な、なんだか重たい空気が流れそうな展開になってきたわね。

私の一世一代の買い物って、もしかして事故物件⁉

ええ～やっぱり相場より300万くらい安かったし、駅から徒歩圏内だし日当たりいいし築浅だったし。あああ～何で気がつかなかったんだろう。

私っておバカよ！

（ほらほら、鼻かんで。えっと、ゴミ箱どこだ？　ちょっと、蓮珠ってばゴミ箱ないよ？）

「もう、幽霊のくせにあれこれ指図しないでよ！　ゴミ箱なんてないわよ！　コンビニのビニール袋に入れて捨てればいいのよ。ど～せ燃えるゴミなんだから」

なんで事故物件になった原因の前の住居者に名前を呼び捨てにされた上に説教されなくちゃならないのよ！

元はといえば、あなたが死んだから私の新居が事故物件になっちゃったんじゃないの!!

涙と鼻水でぐちゃぐちゃの顔にしてなぜか霊に訴えている私。

（冷蔵庫に何も入ってないだろ？　水分とったほうがいいよ。それだけ泣きじゃくって喉も乾いただろう？　このマンション出て、左曲がって50メートルのとこにコンビニあるから行っておいで。俺、お留守番しているからさ。ちなみにさ、俺は健寿っていうんだ）

健康に寿命を全うするって書いてケンジと読むらしい。

ふ～ん、その割には地縛霊？　成仏できずに現世に未練たらたらで留まっているし。

よりによって、やっと手に入れた私の夢のマイホームに居座っているし。

座敷幽霊？って種類なのかな。いや～繁栄してたくさんウヨウヨ健寿の仲間が集まって来られても……。

いやーーーーーー!!

（蓮珠ってば！　いろいろ難しく考えないでいいから早く買い物いっておいでよ）

「んもう、指図しないでよ！　ちょっと行ってくるわ、っていうより健寿も一緒に行こうよ。道よく分からないからついてきてよ」

天性の方向音痴の私は下手にウロウロすると自宅の場所すら迷子になりそうな予感がしていたので、もののついでに座敷幽霊と買い物に行こうと提案した。

（う～ん、俺も一緒に行ってあげたいんだけどさ、ここからは出られないんだよ）

一瞬にして少し寂しそうな声のトーンに変化する健寿。

あっ、地縛霊だからこの物件に閉じ込められているのかもね。悪いこと聞いちゃったかな。

「あ、そっか、そうなんだね。遠回りでも大通り沿いに歩いていけば迷子にならずにすみそうだし、分かりやすそうな場所だから一人で頑張って行ってくるね。すぐ帰ってくるから」

サンダルを履いて勢いよく外に買い物に出た私。

確かに分かりやすい道沿いにコンビニがあったんだけど帰り道、なぜか逆方向に歩いてしまい気がついた時にはかなり自宅マンションから遠く離れた所まで来てしまっていた。

しかも重たい飲み物ばっかり大量に買い込んでマンションまで帰るのって結構キツいんだよね。買い物に出てから1時間は経っていた。

「うわっ、こんなに時間過ぎていたなんて。鍵、鍵っと。あれ？　あれれ？　ない!!!　えっ！　うそでしょう!?　うわ～部屋に置いてきちゃった！　オートロック解除できないじゃない！」

無駄に豪華な作りのエントランスで一人頭を抱える私。ほかの住民が帰宅したら一緒に入ろうと待ってみたが、誰も帰ってくる気配がない。

そうだろね、だってこのマンションの立地条件、夜のお仕事向きだもの。この時間は店に行く準備をしているか遅番の人なら寝ているだろうし、舞台関係者なら稽古中だろうし。

一般のサラリーマンじゃない限り帰宅するわけがない。しかも慌てて飛び出したからスウェットにヨレヨレのシャツって服装だし。どうにか部屋に入らないと風邪ひいちゃう。

ダメ元で部屋の番号を入力しインターホンを押してみる。

(おかえり~鍵忘れたんだろ？　まったくドジなんだから。えっと、開けてあげてもいいけど、俺の存在を認める？　あと俺と同居することに納得する？)

ちょっと、それって脅迫じゃない？　私名義のマンションなのに死んだ前の住人が地縛霊となって居座っているという事実。夢の一人暮らしのはずが、なんで幽霊と同居しなくちゃならないのよ!!

(ほら、冷えてきたよ。早く決めないと風邪ひいちゃうよ~どうする？)

声のトーンが悪戯っ子みたいに楽しそう。

この人、座敷幽霊のくせに根性悪すぎるわ！　だから地縛霊になるのよ！　んもう！　健寿がいたら彼氏ができても部屋に呼べないじゃない。二人でイチャイチャしても、その様子をじぃ～ってストーカーみたいに見られているっていうの？　いやよ！　そんなの、絶対イ・ヤ！

（まったく、キミも強情だな。ほら風邪ひくから早く部屋にあがっておいでよ）

なんかあきれた口調の声が余計に私の神経を逆なででした。

ヴィィ～ンと音が鳴り要塞の入口にも見えたドアが軽快に開いた。エレベーターで6階まで上がって部屋の前に行くと自宅のドアが開いていた。

両手いっぱいコンビニで買い込んだ荷物を床に置く。

ビールと大量のおつまみ、レトルト食品、トイレットペーパーにゴミ袋。

独り暮らしの女性の買い物というよりは、単身赴任のサラリーマン的な買い物って表現したほうがしっくりくる中身だった。

（おっ！　ビールじゃん。これ俺の好きな銘柄だ！　ナッツにチョコレート、いいね。引っ越し祝いの乾杯しようよ）

妙にうれしそうな声がする。が、健寿の姿は見えず。

イメージ的にはラジオかCDドラマをかけっぱなしにしている状況に似てるかも。

「きゃーーーーーーーー!! ビ、ビ、ビール缶が宙に浮いてる！」

ドスン！

私は怪奇現象を目の当たりにして腰が抜けてしまった。

へなへなと腰を抜かして力が入らない。今まで健寿の声がしていても、順応性あると思っていたのに。心のどこかで妄想の声だと思っていたのかもしれない。いや、思い込もうとしていたんだと思う。

ふいに体が宙に浮いた。触れられてる感覚は全くないんだけど、健寿に抱きかかえられている状況だということは容易に理解できた。

舞台で男性に抱えられることも多いため地上からの距離で健寿の身長が想像できた。

(ごめん、つい楽しくてびっくりさせちゃったね。腰は打ってないかな?)

私は触れてみようと手を伸ばすけど、通り抜けてしまう。

抱えられているはずなのに、健寿に触れることができない。

（キミからは俺に触れることはできないんだよ。でも、俺からはキミに触れることができる）

そっか。これが生きている人と、亡くなっている人の違いなんだね。

えっ？　だけど四十九日過ぎるまでダーリンと過ごしたけど、ちゃんと触れることができたけど？　健寿はちゃんと死んでないってこと？

それとも四十九日が過ぎても成仏できなくてこの世に留まっている霊ってことなの？

すごい難しい顔をしていたんだと思う。最初は事故物件になってしまった原因を作った幽霊を邪魔に思ったけど抱かれていると心地いいし、もっと健寿と話をしてみたいと思っている自分がいた。

床に敷いたクッションの上に下ろしてもらい、二人での宴会が始まった。

「かんぱ〜い！　ぷは〜。んまいね、やっぱビールって最高」

テーブルがないので、床に直置きにしたおつまみを頬張りながら一気に缶ビールを飲み干す。

買ってきたビールはあっという間に飲み干してしまった。

私もかなりの酒豪だと思うけど、健寿の飲み方も激しいほどに似通っていた。

宙に浮くビール缶が傾いたかと思うと、琥珀色の液体が蒸発するみたいに消えていく。

その様子がまるでテーブルマジックのように見えて、とっても愉快だった。

おつまみのナッツも宙に浮いたと思ったら消えていく。

普通だったら怪奇現象でしかない出来事にも、すっかり慣れている私がいた。

「もうちょっと飲みたい？　買い足してこようか？」

お財布をもって立ち上がろうとすると一気にアルコールが回った気がしてふらついてしまった。

(ほらっ結構酔っているだろう？　十分飲んだし、今日はこれくらいで大満足だよ。蓮珠ってほんと面白い子だよね)

あのさ、女性に対して面白い子って一番傷つくんだぞ！

「かわいいね」とか、まっ一人で何でもできちゃうから可愛げないだろうけど。

「家庭的だね」とか、あちゃ～掃除洗濯苦手だったわ。

「いい奥さんになりそう」とか、見た目派手だし職業エンタメ系だから遊んでるように見られるわね。

あああーーーーー、結局は面白い人ってなっちゃうのよぉーーーーーーー!!

(蓮珠は個性的で魅力あるよ。大体、柔軟性は人一倍あるしさ、俺の存在でも優しくしてくれるし、こちらこそありがとう)

声しか分からないけど、健寿は穏やかで優しい幽霊なんだろうな。

細かく気がつくし、一人暮らしよりも楽しいかも。

疲れているのかな、アルコールが回ってきて眠くなってきた。

「眠い……、このまま寝ちゃうかも……おや……す…み」

(まったく、無防備な子だな。初対面の男に対して警戒心すらもたないし……、まっ、姿見せてないから初対面……とは言わないかもな)

こうして引っ越し初日は賑やかに過ぎていった。

2 怪奇現象と優しい幽霊

健寿との不思議な同居生活が始まって半年が過ぎようとしていた。私が仕事に行っている間に掃除、洗濯、洗い物までやってくれる。元々家事全般が苦手な私にとっては、とってもありがたいことだった。無名のダンサーはダンス教室で教える仕事、公演が決まれば連日の打ち合わせ、リハ、衣装合わせなど昼夜を問わず忙しい日が続く。公演もメインキャストに選ばれることもあれば、アンダースタディといって代役に配置されることもある。アンダースタディでもメインキャストと同じ日程でリハに参加しなければならない。

健寿も生前?はモデルやアーティストのバックダンサーをやっていたらしく、私の仕事にも理解があった。

「ただいまぁ～」

（お帰り、蓮珠♪　ごはんできているから手を洗っておいでよ）

独り暮らし予定で購入したマンションだったけど、出迎えてくれる人がいるのってなんか幸せかも。健寿は姿が見えない幽霊だから声しか分からないけどね。気配と声だけの同居人。

もしかしたら孤独死ですっごい状態だったのかもしれないし、殺人事件に巻き込まれて元の形が判別不可能なくらいの状況だったのかもしれないし、まっ、好きなタイプの声だから気にしないっと。

小さなテーブルには大量のブロッコリーと茹でた鶏肉、ゆで卵が乗っている。

「ねぇ、ボディービルの大会に出るわけじゃないんだけど？　このメニューは嫌がらせかな？」

味も薄い、ドレッシングもなし。さらにグラスには胃の検査に使うバリウムに似た色のプロテイン。

（今回の演目は衣装が薄いジョーゼットだろ？　ボディライン整えないとダメだよ。はい！　千秋楽まで炭水化物はダメ！）

健寿の献立は極端すぎるくらい完璧だった。たまには甘やかしてくれてもいいのにな。

ダーリンと暮らしていた時は食後にカロリーオーバーなくらいのデザートがあって、夜中までだらだら食べてすぐ寝て……

「いたたたたっ！　何するのよ」

突然お腹をつままれ　思い切りねじられた。

（ど〜せ、ダーリンさんは甘やかして好きなもの好きなだけ食べさせてくれたって考えていたんだろう？）

はいはい、そうですよ。幽霊のくせに人の心も読めるのかしら。

「こんな食事じゃセリフも動きも覚えられないよぉ」

お願い！　ちょっとでいいから好きなもの食べたいオーラで嘆願してみた。

（まったく、しょうがないな。分かったよ。まずこれ食べたら食後にキミの好きなプリンがあるよ）

プリン♪　きゃ〜私の大好物。なんて素敵な響き♪　やった〜健寿優しいじゃん。

いっただきま～す。デザートを食べたい私は目の前の大量のブロッコリーをほおばった。

それをいつもニコニコしてみてるのかな？　気配は目の前に座っている感じがした。

（慌てないで、よく噛んでたべなきゃダメだよ。膵臓悪くしているんだし、消化酵素が追いつかないよ？　蓮珠ってば！）

私は食後のプリンを早く食べたくてほっぺたいっぱいにブロッコリーと茹で卵を詰め込んで飲み込んだ。

ゲホッ、ゲホゲホ、ぐ、ぐるじぃ！　水！　水！

慌てて喉につまらせそうになりグラスの中味を一気に飲み干した。ヤバいよ、この年で誤嚥性肺炎で虹の国行きました、なんてことになったら先に行っている仲間に笑われちゃうじゃん。

うぅう、水と思って一気に喉に流しこんだのは高濃度プロテイン!!　これまた喉に流れるまでがキツぃ。

「はぁ～落ち着いた。ごちそうさま！　ねね、健寿はいつも食べないけどお腹空かないの？」

幽霊って食べなくても生きて⁉いられるのかな？　栄養ついている幽霊は姿が現れるのかな？

疑問に思ったことはすぐ質問する性格の私。

（あっははは、そんなこと考えていたんだ？　俺？　姿ねぇ、かなりのイケメンだよ！）

昔の雑誌とかないの？　出演しているPVとかさ。興味津々でいろいろと聞いちゃう私。

（過去にとらわれている人は未来に進めないんだよ。だから俺は成仏できないんだよ。って、自分で分かっているんだけどさ、未練があるんだろうな、きっと）

いつも明るい声のトーンがこの時ばかりは、とても迷いのある寂しそうな音色に聞こえた。

「あっ、ごめん。あのね、一緒に暮らしているんだから姿が見えたらもっと幸せだなって思っただけだから。気にしないで。おしゃべりできるし、毎日楽しいから今のままでも十分だよ」

それに、姿が見えたら先入観で考えちゃいそうだから今のまんまがいいのかもしれないよね。

ガサゴソ、グシャッ、ガシャンガシャン、ガッチャン

リビングから何かが崩れる音が響いてきた。

「ちょっ、ちょっと、健寿どうしたの？　大丈夫？って、うわあ何これ！　どうしたのよ」

（イタタタ…。ごめん、ちょっとＤＶＤの束を引っ張ったらドミノ式にすべてが崩れてきたぞ！　お前、どういう整頓の仕方してるんだよ）

えっと、それって私の整頓の仕方が悪いって遠まわしに言っているのかな？

埃まみれのＤＶＤの束が床に散乱している。うわ～懐かしい！　80年代のオムニバスもある。

（へえ～蓮珠って舞台役者もやっていたんだ？　すっげ～メイク。元の顔が分からないじゃん）

ドラァグクイーンも真っ青になりそうなくらいグリッターを塗りまくったパンフレット。

これは振付師の益子ユージン先生の発案だったんだよね。

バレエから一気にぶっ飛んだコンテンポラリー系の世界に入って数々の賞を総なめにした上にパリに飛んで消えたと思ったら歌舞伎町で有名な振付師になっていたという経歴。

普段は穏やかな人なのに舞台に上がった瞬間、人格というかすべてが変わるんだよね。

「あれ？　健寿はユージン先生知っているの？　かなりマニアックな男性舞踊団の創設者なんだよ。動きが早くてプロのダンサーでも追いつけないくらいの技術と細かい振り付けなんだよね。

鬼才っていうより、実際は鬼!!　音楽もいろんなジャンルやさまざまな部族の踊りを取り入れてるんだよね。勉強になると思ってクラスレッスン参加したけど、まったく追いつけないステップばっかだったのよ」

興奮してしゃべりまくる私の話をニコニコとうれしそうに聞いているのかな？健寿は。

（蓮珠は、この舞踊団のどの子の踊りが好きなの？）

えっとね、ほらこのセンターで踊っている上半身にトライバルのタトゥー入れてる人。

すっごい激しい動きするんだけど、指先と目線が優しいんだよね。バレエダンサーだったのかな？　この集団、すっごいメイクするから素顔がまったく謎でミステリアスなんだよね。

映像と連動してスタートするステージ。今なら当たり前の演出だが、当時はそんなことするアーティストは皆無で度肝を抜かれたものだった。

立ち位置、カウント一つでもズレたらカッコよさが半減してしまう極度の緊張感。

激しく点滅するレーザー光線、地響きがするくらいの大音響、一瞬暗転したと思ったら次の瞬間全員がステージ上に構えている。多くの女性ファンの叫び声。完璧なフォーメーションだった。

激しく連射するストロボと降り注ぐ雨の演出。ステージ上は水の演出で濡れるだけでも滑りやすくなり大きなジャンプや回転は危険度が増すのでなるべくなら避けたい振り付けだった。

男性の踊りは大きな動きと高いジャンプが特徴だけど、私の推しのダンサーは力強さの上にしなやかさを併せもった独特な色気を醸し出していた。

「きゃ～ほらほら、見て！　すっごいイケてるじゃん！　カッコいいでしょ」

私は一番の推しのメンバーを指さして大興奮で健寿に教えた。

（それ、俺だよ……）

ほえ？

えっ？　今なんて言った？　え？

えーーーーーーーーーーーーーーーーー!?

ちょっ、ちょちょ、ちょっとまって！　私が憧れているダンサーが健寿だったの？

ウソでしょ!?　あれ？　でも確か半年前からインスタも更新されてないし、ユージン先生がふらっと海外に自分探しの旅に行っちゃって活動も無期限停止みたくなっていたよね。

（蓮珠ちょっと落ち着いてよ、ちゃんと説明するからさ。）

興奮ＭＡＸになっている私のことを落ち着かせるように座らせる同居人。

（キミはすぐ興奮するんだから、心臓に負担かかるぞ！　不整脈大丈夫か？）

水、水っと。慌ててコップ一杯の水を飲む。

床一面に散らばったＤＶＤや雑誌をどかして座れる場所を確保して腰を下ろした。


（俺はショーモデルやダンサーを仕事としてきたんだよ。10代の時からね）

声のトーンから、ためらいながら話してくれているのが分かった。

「順調にエンタメ界で生き抜いてきた雰囲気だけど？」

集団の中でもひときわ目立つ存在だし、華があった。

どんなに芝居が上手でも、踊りが完璧でも華を持ち合わせないアーティストは数多くいるわけで。

健寿は持って生まれた華やかさがあるせいか、モデルにしたら小柄な部類なんだろうけど、まったく気にならなかった。

（ありがとうね、素直にうれしいよ。ま、ユージン先生が消息不明になってグループの存続が不可能になって生活のためにモデルを始めたんだよ。アイドルの

バックだけは踊りたくなかったからさ）

この人はパフォーマーであることに誇りを持っていたんだね。私は自分が少し恥ずかしくなった。生活のためなら何でもしてきた。スーツアクターもしたし、吹き替えなんて数多くやったし……。主役の代役として殺陣など危険なシーンなんてしょっちゅう役が回ってきた。

エンドロールに名前が出なくてもギャラは出たし、与えられた役はなんでもやった。

もともと役者なんて「演じる」のが仕事だから「他人になりきる」のは得意だった。

（蓮珠はもともとダンサー志望だったの？　舞台にも出てるようだけどさ）

えっと、私はもともと声楽家でオペラの舞台に出てたんだよね。

その他大勢の役でも煌びやかな世界観が好きでね。歌って踊って大勢の演者で作り上げる舞台が大好きだった。ある日、胸に痛みを覚えて声が出しにくくなってきたんだよね。

リハ続きで過労かと思って気にもしなかった。休んで役がもらえなくなるのが怖かったからね。でもね、数カ月したら息切れがひどくなって歌えなくなってきて、ゲネプロの最中に倒れちゃってさ。

ま、それでがんって分かって緊急入院、手術して命拾いしたんだよね。命拾いしたけど、夢も希望も仕事も失っちゃったんだ……これが現実。

病院代や生活費稼がなくちゃならなかったから、ショーパブで踊ったり、ラウンジでピアニストやったりしながら食い繫いできたんだよ。

（そっか……苦労してきたんだね。いつもの能天気なキミからは想像もつかないけどね）

能天気は余計でしょ！　必死に生きてきたんだから。そうこうしているうちに、ダーリンと偶然出会って一緒に生活することになって。

詳しくは「四十九日の抱擁」をご覧くださいって何宣伝してるんだ、私（笑）

（蓮珠は、いま幸せかな？）

「えっ⁉」

健寿の話を聞こうと思ったのに、なんだか私のことばかり話しちゃってごめんなさい。

「うん。すっごい幸せだよ、仕事だってあるし、こうやって住むとこもあるし、何よりあなたがいてくれるもの」

(座敷幽霊と同棲でも構わないのかな？　本当キミって変わっているよね)

そうね、事故物件になっちゃったけど一人より二人の方が楽しいし。

なぜか健寿とは共通の話題で盛り上がれるし楽しいもの。

ず〜っとこのまま仲良しで生活できたらうれしいかも♪

この時、単純な私は、この楽しい気持ちが恋の始まりだということに気がつかないでいた。

3　救急車を呼ぶ幽霊

遠くで救急車のサイレンの音が聞こえる。

どんどん近づいてきているのを感じる。

息苦しさは、少し収まってきたような気もするけど、身体が動かない。

いつもの発作だよね、どうしよう。健寿が通報してくれたのかな。

リハの最中から調子悪かったんだよね……。

寝不足の上に給料日前、臨時のイベントも無理やり入れたから睡眠不足、栄養不足。

原因は分かりきっていた。

(蓮珠、救急隊員に病院に連れて行ってもらえるからな。安心しろ。もう大丈夫だからな)

なんだか健寿の声が聞こえるけど、意識が飛びそう……苦しさは薄れてきたけど、身体が動かない。ドア鍵開けなくちゃ救急隊が入ってこれないし、緊急連絡先とか聞かれたら答えなくちゃいけないし。こういう時、家族がいない独り身って辛いよね。

私、やばいかも。健寿の姿が見えてきた。何かメモしてくれてる……。えっ、私のカバンの中身ゴソゴソしてる？　えっと、レッスン着とかぐちゃぐちゃになってるから恥ずかしいよ。

あ、一緒に食べようと思って買ってきた鯛焼きが半分入ってるかも。ごめん、あまりにお腹空いて健寿の分もちょこっと食べちゃったんだ。

あっ、ストレッチャー担いだ救急隊の人が入ってきた。ごめんなさい……廊下に衣装出しっぱなしだわ……通りづらいよね、何てこと考えている場合じゃないか。

ふわっと急に体が宙に浮いた感じがした。救急隊員がストレッチャーに乗せてくれたんだと思う。名前やら状態を聞いてくる。えっと、声が出ない……どうしよう。意識が朦朧としている中で、救急隊員が床に置かれたマイナンバーカードや病院の診察券、お薬手帳を見つけて病院に連絡をしてくれてるのが分かった。
(蓮珠、心配しなくて大丈夫だよ。ちゃんと救急隊に伝えてるからね)
意識を手放す瞬間に健寿の手が私の頬に触れた気がした。
(ちゃんと帰っておいでよ。俺、留守番しているからね)

4　三途の川クルージング

（ハニー、ハニー、起きてよ！）

身体を揺すられている感覚があるけど心地よく、いつまでも眠っていたいようなほわほわした気分だった。

甘いムスクの香りが鼻腔をくすぐる。

私は重たい瞼をゆっくりと開けてみた。

（ん……っ…ってここは？　あれっ、ダーリン⁉）

目の前には　ホッとしたような、それでいて困ったような戸惑いを隠せずにいるダーリンの姿があった。

えっと、ダーリンは3年前に勝手に私を現世に置き去りにして虹の国に単身赴任した旦那だよね。目の前にいるってことは、私もしかして死んじゃった⁉

「えーーーーーーーーー！　私、死んだの⁉　ちょっ、ちょっと待ってよ！」

いきなりパニックになり酸素を求める魚のように口をパクパクしながら過呼吸に陥る。

（ハニーってば、落ち着いて！　まだ、君は死んでないからさ。正確にいうと微妙なボーダーにいるんだよ。ほら見てごらんよ）

ダーリンが指さす方向に恐々視線をずらすと、南国のココナッツやフルーツが実った木々。キラキラ太陽が反射する蒼い広大な海。

そしてその上にはカッコいいクルーザーが停泊していた。船名は「三途丸パラダイス号」と刻印されていた。なんか、微妙にダサすぎるわ。

「えっと、三途の川って言いたいのかな？　でも、何かが違う‼　これ川じゃないし、お花畑でもないじゃない」

閻魔大王様の審判が下されるイメージの関所もなければ、血の池地獄も見当たらない。

向こう岸から手招きする人もいないし。

なんだかワクワクしてきちゃった♪　あっ、いけない私の悪い癖。なんでもポ

ジティブに感じちゃうところ♪

（ほら、楽しくなってきただろう？　さすがボクのハニーだね。せっかくだし、クルージングしようよ）

ダーリンに手を引かれてクルーザーに乗り込む。

軽快なエンジン音と共に出港して一気にスピードフルＭＡＸ。

心地よい風と景色。そして何よりも、ダーリンと二人きりのクルージング。

現世で最後に旅行した沖縄を思い出すね。もっともあの時は抗がん剤治療していたから体力もキツかったよね。

（ハニー、シャンパンもあるよ！　一杯いかが？）

昼間っから外国？　天国？　でシャンパン飲みながらクルージングなんて最高の贅沢。

わぉ～このシャンパン辛口で美味しいね♪　飲んでも膵臓痛くないし沁みないよ。

「ダーリン、美味い!!　もう一杯ちょうだい」

調子にのって一気に飲み干した私の様子がよほどおかしかったのか笑い転げるダーリン。

(こら！　ハニーは1杯だけにしてくださいね。まだ戸籍が現世にあるんだからさ。ボクは鬼籍登記しているから、いくらでも飲めるけれどね～)

ひょいっと私のシャンパングラスを取り上げる。

辺りの景色は、キラキラの宝石みたいなクリスタルが見える海域に出た。

寒くはなく、月と太陽が同時に空にあり体感温度は23度くらいかな。

ちょうどいい気温で風もなく穏やかだった。

(ハニー、水面から中をのぞいてごらんよ)

生前と変わらぬ優しい声が心地いい。

ドジな私を心配してか、海をのぞき込むときに私の身体を背後からしっかりと抱えてくれている。

闘病中は40キロの体格差を私が支えてたんだものね。我ながらよくできたと改めて感心するわ。

(ほら、ハニー何が見えるかな？)

どれどれ～海をのぞき込むと、海底に浮かび上がるのは上空から見る地上の様子に似て見えた。

へえ〜三途の川から中をのぞくと現世が見えるんだね。

「ダーリン、すごいねえ！　きれいだね。あ、あのあたりがわが家かな」

3年前と変わらない、いやさらに、益々パワーアップしたおバカなはしゃぎようにダーリンあきれてるかな？

（ハニーは相変わらずだね。いつもボクはキミの様子を見てるけどさ。マンション購入したでしょう？　よく頑張ったね。ボクの治療費がかからなければ、もっといい物件購入できたのにね。ごめんね）

太陽のような笑顔が急に寂しそうに影を落とした。

「そんなことないよ。それに、ダーリンが生きていたら昔のマンションにず〜っと住んでいたと思うよ？」

そうだよね、ダーリンが虹の国に行って3年間は喪に服するって決めていたんだよね。

3年過ぎたからマンションを新たに購入するついでに過去を断捨離して。

「えっと……、ダーリンの荷物とか全部処分したこと……、怒っている……かな？」

私は昔から、環境を変えるときはすべて捨てるという潔さを持ち合わせていた。思い出の品、場所も含めてすべて断捨離してしまう特技⁉があった。だって、そうしないと未来に進めないし新たに出会った人にも失礼にあたるじゃない。

でも……、いざダーリンを目の前にすると、ちょっと過去の記憶に引き戻されそうになる自分がいた。

（ハニー、今はあれこれ難しく考えないで三途の川クルージングを楽しもうよ！今日はチャータークルーズだよ。ほらボクたちだけだし）

うん、そうだよね。深く考えるのはやめよう。

もしかしたら私、このまま虹の国に住むことになるかもしれないんだし。

穏やかな水面から、もう一度のぞき込むと黒く幕がかかった場所が浮かび上がってきた。

「あれ？　病院かな……、ＩＣＵみたいだね、なんだろう」

ダーリンがお世話になった病院だってすぐに分かった。

特徴的な船を模った外装をしている大きな総合病院。

「蓮珠さんは洞不全症候群、心不全も併発してます。脈が触れません。酸素飽和度90切ってます！」

「救急に通報したのは誰ですか？　ご家族は？」

ナースちゃんたちがバタバタ動いてる様子を感じる。

なぜか会話も聞こえてきた。

そうだった。自宅で急に苦しくなって呼吸できなくなって救急車を呼ぶタイミングを我慢しながら伺っていて……、目の前が暗くなって、えっと、えっと、そしたら誰かが抱きかかえてくれて、誰だっけ…健寿……。

そうだった。同居幽霊の健寿が救急通報をしてくれて、私の横にマイナンバーカード、健康保険証、病院の診察券、先月の検査結果表、クレジットカード、を置いてくれて、救急隊員が部屋に来たときにすぐ対応できるようにしてくれたんだった。

姿を見せれない健寿にとって私を助ける最大の事をしてくれたんだと思う。

考えてみたら、声と感覚だけで一緒に暮らしていた。

オーディション落ちまくって帰宅した時も、ずっとそばで話を聞いてくれた。

苦手なダンスパートも振り写しのチェックを一緒に何時間もしてくれた。

小さな役でも公演が決まると人一倍喜んでくれた。姿が見えない分、声のトーンで健寿の感情がもろに伝わってきて素直にありがとうって言えた。


「健寿！　ダーリン、健寿が心配してるから！　あっ、彼も幽霊だけど……、私が三途の川にいるって知らないと思うから」

私の一言で、ちょっと驚いたような、でも全てを悟ったようなダーリンの表情は、生前でも見たことがなかった。

（ハニー、落ち着いてよく聞いてね。キミはまだ死んでないよ。生死を彷徨っている状態なんだ。キミがこっちに来たいのならボクの籍に入ることができる。また一緒に暮らせるよ。そして今度は永遠に離れることはない）

「えっ？」

とっさに言葉につまってしまった私。

今までの私なら喜んで鬼籍に入籍したと思う。現世になんの未練もなかったし時が経つごとにダーリンに会える日に近づくって喜んでいたくらいだから。

（ハニー、雰囲気が変わったよね。まるで恋をしているようだよ）

少し寂しそうな、でも安堵の笑みを浮かべたダーリンは私を抱きかかえこう告げた。

（ハニーよく聞いてね。僕は地上でとっても幸せな最期を迎えられて虹の国に渡ってきた。毎日キミが来るのをずっと待っていたんだよ。今回もハニーが発作を起こして倒れたとき嬉しかった。なるべく苦しくないように僕の元に来れるよう虹の保健局に申請したんだよ）

そっか、虹の国も現世と同じで行政がちゃんと機能しているんだね。

なんか不思議だな。虹医療健康保険制度もあって、戸籍課にいって鬼籍を取得して住民になるんだね。今までの私ならワクワクで話を聞いていたと思うしダーリンもその予定だったんだよね。

「ダーリン、私……、私ね…ごめん。まだ鬼籍に入るわけに…いかない……、もう少しだけ、待ってくれる……かな？」

精いっぱいの今の気持ちを伝えたつもりだったが、自分の本心に嘘をついてごまかしていることは自分自身が一番分かっていた。

（ハニー、本当のことをキミの言葉で聞きたいんだ。ボクもそろそろ本籍を移動しなくてはいけない状況になっているからさ）

本籍とは鬼籍を作って3回忌までは保留にできる制度らしい。

そのあとは、自分自身で虹の国で生活するエリアに引っ越しして現世との交信は彼岸とお盆だけになるということらしい。

（ボクたち鬼籍に入ったものはね、人間の本質が見えるようになるんだよ。オーラみたいな形でね。だからハニー、嘘つかなくていいよ。キミに嘘をつかせている原因がボクの存在だと哀しいから）

そうだね、きっと勘のいい人だからすべてお見通しなんだね。

すべてを悟ったようなダーリンの言葉が胸に響く。

「うん…そうだね。ダーリンと離れて過ごした3年間、いつも心の片隅にあなたがいたよ。遺骨のペンダントも肌身離さず身につけていたし、ダーリンの存在が大きかったよ」

3年間、がむしゃらにがんの闘病生活をしていた仲間たちに会いにいって現世での思い出をたくさん作ってきたこと。自分自身が独りじゃない、仲間がいると信じ続けてきたこと。

そしてダーリンと過ごした日々は私の人生の思い出の中で風化させないようにしてきたこと。

でもね……。

「健寿と初めて会った時、魂が惹かれあったんだよ。懐かしかったし、きっと前世でご縁があったんだと思う。ダーリンの時は、必死に追いかけた。でもね、健寿とは歩幅が一緒なんだよ。姿も見えない幽霊だけど、出会った時からすでに死んでいるから永久に別れることはない。究極の恋愛だと思う。見た目や形じゃなくて、心から好きになった人？　霊？　なんだよ。

ごめんね、ダーリン。私、健寿のことが好き。だから現世に戻らなくちゃ。三途の川渡ったら健寿と離れ離れになっちゃうから……、置いていかれる寂しさは痛いほど分かっているからさ。彼にそんな思いをさせたくないんだ。それに、ダーリンには、ほら新しいお相手ができたみたいじゃない」

ずっと不安そうに、かといってダーリンの意思を尊重しようとしている儚げな女性が水面に浮かんで見えていた。ぼやけて見えている姿が、どんどんくっきりと形になってくる。

目を凝らして見ると美由紀ちゃんだった。

「あ、美由紀ちゃんじゃない！　久しぶり〜元気だった？って亡くなってる人にいうのも変だけどさ。真言も元気にやっているよ。心配いらないからね。見てると思うけどさ。たまに食事したりしてるよ」

生前、美由紀ちゃん夫婦の結婚式に出席したよね。美容師だった美由紀ちゃんと客だったご主人は大恋愛の末に結ばれたんだよね。ブーケトスで花嫁のブーケを身長高いのを武器にしてダーリンがとっちゃったんだよね。あの時の会場のざわめき忘れられない思い出だよね。美由紀ちゃんもがんで闘病頑張ったよね。

うんうんダーリンと一緒なら安心だ。あなたが新しいパートナーなら真言くんも許してくれるよ。

（蓮珠ちゃん、私がダーリンの新しいパートナーになってもいいの？）

「もちろんよ。美由紀ちゃんの方がダーリンとの付き合い長いんだから。あなたがパートナーになってくれたら安心だよ。あっ、この人外面よくてお金の管理できないからね。あと、夜中のデザート食べすぎる癖あるから、そこだけ頼むね。

生前では大腸がんだったけど虹の国では糖尿病にならないように気をつけてあげてね」

まるで母親のようにあれこれとダーリンの新しいパートナーに伝える私。

これで安心して戻れるわ。現世に帰ったら真言にも伝えてあげよう。奥さんは虹の国でも幸せそうに暮らしてるよって。あ、やきもち焼いちゃうかなぁ～？

そんなことないよね。いつまでも真言が一人でしょんぼりしているほうが心配だよね。

私はとっても晴れ晴れとした表情をしていたんだと思う。

完全にダーリンの存在が過去のことになった瞬間だった。

（ハニーやっと本心を言ってくれたね。これでボクは解き放たれるよ。今度こそ本当に幸せになってね）

ダーリンの唇が私に軽く触れた瞬間、全身に痛みが走った。

「健寿にキミを託す」

ＰＰＰＰＰＰＰＰＰＰ

けたたましいアラーム音が鳴り響いてる。頭の上でバタバタと大勢の人が走り回っている感覚がする。

ここはどこ？　何が起きているの？　恐々と重たい瞼を開けてみると視界が次第にくっきりしてきた。

「あっ、意識回復！　蓮珠さん、分かりますか？」

どうやら病院のＩＣＵにいるみたいだった。

モニターに出ている数値を横目に見る。

（うわ、心電図の波形が乱れまくっているね。こりゃやばいわ。あっ、でも今は落ち着いているね、どのくらい意識失っていたんだろう？　手も足も感覚あるし、大丈夫そうだね）

ドクターが来る前にセルフチェックを勝手に始めている私がいた。

何があっても動じない神経の図太さは大病の繰り返しで度胸が付いた証拠だった。

「おっ！　お目覚めかな。やんちゃ姫、まったく救急入電入ったかと思えば通報者はいないし部屋の鍵は開いてるし事件性があると思われて警察まで通報が行くところだったんだぞ」

主治医があきれた表情で登場した。

多分、救急車を呼んでくれたのは健寿で必要なものを私の周りに置いてくれたんだと思う。

部屋から出られない霊だから、きっと心配してるよね。

「あ、あのここに来てどのくらい時間経ってますか？」

恐る恐る聞いてみるとドクターの返事は簡単なものだった。

「世界屈指を誇る当院に来た時は死体のようだったが、2時間で意識回復してるから脳にダメージもなさそうだな。これだけしゃべれれば大丈夫だ」

2時間!?　たった2時間!?　三途の川クルージングで半日はいた気がしたんだけどな。

「そっかぁ〜！　ねえ、先生、私はいつ退院できますか？」

私の突拍子もない一言にICUのスタッフ全員が一瞬凍りついたように黙った。

「ちょっ……ちょっと、あなた何を言っているか分かってるの？　あなたは心肺停止の状態で救急車で運ばれてきたのよ？　蘇生措置でどうにか死の淵からもどってきたばかりでしょ!!　それが、退院したいって!?　正気なの？　もともと変わった患者だとは思っていたけど、ほら見た目も変わってるし奇抜なヘアスタイルだし、ピアスたくさんしてるから外すの苦労したのよ！」

新人ナースの莉乃があきれた口調でしゃべる。

あ、あのそこまで言わなくてもいいじゃない。すみません、わがままな患者で。

でも、大切な家族が待っているので早急に帰宅したいんですけど。

昔からお世話になっている主治医は私の性格を熟知してるせいか苦笑いするしかなかった。

「とにかく今夜はＩＣＵって名前の超特別ＶＩＰルームに泊まれ！　明日朝の検査で生存確認できたら午後退院！　それでいいな？」

やった!!　じゃ、明日帰れるね。健寿、待っててね。

ホッとしたせいか薬が効いているせいか、私は電池切れの人形みたいに再び眠りに誘われていった。

5　前世の記憶が刻まれた心臓

ガチャ。

2日ぶりのわが家のドアを開ける。

（蓮珠？　おかえり！　早かったね。ちゃんとタクシー乗ってきた？　すっげ～大量の薬だね。ふらふらしないか？　ほらほら、早く中に入って座って）

きれい好きな健寿にしたら、珍しいくらいに散らかっている部屋。

私が救急搬送された時のままの状態だったと思う。

「ただいま。あの、ごめんね……たくさん心配かけちゃって……、ご…ごめん…ね」

香水（ランバン）の香りが鼻腔に入ってきた。今まで気がつかなかったけど健寿って香水つけるんだ。目の前にいるってことが香りでより一層身近に感じることができる。

（病院の様子が分からなかったから心配だったけど、思ったより早く退院できてうれしいよ……てか、脱走してきてないだろうな？）

ギクッ

「えっと、えっと、その、あの……」急にしどろもどろになる私が様子をあきれて見てるんだろうな。

ちゃんと主治医の許可とって退院してきたよ。

ま、ドクターはあきれていたけど許可出たってことは一応大丈夫ってことだものね。あれこれと注意書きはたくさんもらったけどね。

大量の薬の山と処方箋を見せる。

宙に浮く書類たち。片っ端から目を凝らすように読んでくれているんだろうな。

（まず、安静だね。ベッドに入って休んだ方がいいね。ほら、早く寝ろよ）

えっ⁉　つまんないよ。やっと会えたのに。言うことってそれ？

なんか、三途の川クルーズも途中でやめて急いで帰ってきたのにな。

もしかしたら両想いだったって感じたのは私の一方的な勘違い？

そう考えたら、すっごく悲しくなってきて涙が止まらなくなっちゃった。

「もういい!!　ひぃっく、ふえぇん……、私が、ど、どんな…気分で病院にいたと思っているのよ!!　うわぁ～ん、健寿のバカ！　大嫌い！」

香水（ランバン）の方向に座っていたクッションを投げつける。

モノに当たっている子どもじみた行動だった。空しく放り投げられたクッションは窓際に当たって床に落ちた。

急激に動いたせいか胸に嫌な痛みが走った。

「うっ……く、苦しい……、はぁはぁ……、けほっ…はぁ」

やばい、また発作起きるかも。

嫌だよ、また病院なんて。やっと自宅に戻れたのに！　健寿のもとに戻れたのに。

また離れるの嫌だよ、はぁはぁ……、落ち着け、落ち着け自分。

過呼吸になり肩で息をしていたのだと思う。次の瞬間身体が宙に浮いた。

(どうして俺が悲しむことばかりするんだよ？　ほらっ、おとなしく休もう。暴れたら床に放り出すぞ。静かにするって約束するか？)

声を出すことすら辛い状況になっていたので私はおとなしくうなずくしかなかった。

（呼吸、落ち着いたかな？　心臓の発作はパニックになるよな。キミは落ち着いて対処できるからすごいなって思ったよ）

もう生まれつきだから慣れているもの。徐脈に不整脈、染色体異常、ついでにがんもやったわね。もう病気の総合デパート状態。こんな身体で舞台役者やっているなんて正気の沙汰じゃないってよく言われたわよ。多分、健寿はあきれてるんだと思う。あれ、怒らせちゃったかな？　この静けさが怖いんだよな。

（ほら、おとなしくベッドに入るなら運んであげるけど？　言うこと聞かないなら床に落とすぞ？）

んもう、この人ってかなりなドSだと思うんだよね。

（蓮珠、そういえばさ俺の今の状態のことも話してこなかったよね。知りたい？）

いつになく真面目な声のトーンで話しかけてくる健寿。

どんな話なんだろうとドキドキしながらも、私は素直にうなずいた。

それは、いつも穏やかで明るい健寿からは想像もつかない彼の置かれている状況だった。

(俺はね、植物状態から3カ月して脳死状態に陥ってしまった状態なんだよ。自発呼吸もできてないから人工呼吸器を外せば俺の心臓は止まるんだよ。

臓器提供ドナーカードに記載してるから、心臓、肺、肝臓、腎臓、膵臓など最大11人に提供することができるんだよ。俺一人でこれだけの人の命を繋げるってすごいことだと思わない？　俺から臓器を摘出して血流再開までの時間［虚血許容時間］ってのがあってさ、心臓で4時間。腎臓や膵臓は24時間まで大丈夫らしいよ。まぁ、漁に出て港に戻って刺身に捌いてスーパーに並べるまでと似てるよね。まあ、そんなとこだな。植物状態なら数年間は蓮珠と楽しいありえない生活を送れるつもりだったんだが状況が急に変わったんだ。そろそろ移植候補者［レシピエント］が決まってオペ室に入るころだろ。俺は俺の持っている臓器はすべて提供すると登録しているからね)

ちょっと照れくさそうな口調だった。

「それって、素晴らしいことじゃない。健寿ってドナーを待ってる人の生きる希望なんだね」

本当に優しい幽霊だよね。あ、まだ脳死状態でいるから幽霊になってないよね？　心臓とまってないから生きている？　えっ⁉　ま、まさか……、それって……もしか……して。

「ちょ、ちょっと、健寿の身体ってどこに安置されているの？」

きっとまだ私と同じ時空である現世に身体は残っているはず。

（安置って表現もどうかと思うけどなぁ……。遺体になってないってばさ。俺の肉体は蓮珠の搬送された病院にいるよ。そろそろ慌ただしくなってきたみたいだな）

えっ？　慌ただしくなってきたって？　移植候補者が決まって手術になるってこと？

私は一瞬にしてすべてを悟った。

きっとレシピエントに臓器を提供してしまったら健寿の気配は虹の国に行ってしまって私の元からも消えるんだと思う。

「いや！　そんなの絶対いや‼」

私はベッドから飛び起きて外出する支度を始めた。

（おい、蓮珠！　お前何考えてるんだ？　外は暗いし冷えてきたぞ。急に動いて

また発作おこしたらどうするんだ）

「だって、このままだと健寿の臓器は誰かのものになって……、誰かが生き延びるために、あなたが本当のゾンビになっちゃうじゃない！　そんなの嫌！　今のままでいいから一緒にいたい」

病院に行って手術を止めなくちゃ！　臓器の順位からいって、まず最初は心臓移植のはず。

心臓血管外科は私が今朝まで入院していた場所だし執刀医は主治医のはず。

（蓮珠、バカな考えはやめろ！　ちょっと落ち着け！　頼むから、俺の話を聞け！）

急に宙に浮く身体、健寿に抱えられてるのは一目瞭然だった。

（俺はね、ショーダンサーをやっていたんだけど本番中にステージ上の事故に巻き込まれたんだよ。まあ、それが原因で引退した……、のが……事実。植物状態の時は意識下で自分のことを嫌でも考えさせられたし見舞いにくる関係者の様子も感じとれたんだよ。ただ、二度と復帰はできないと現実を突きつけられただけだったから生きてる意味を見失った。長らく華やかな世界にいたし、それが俺の

人生そのものだったからね）

そ、そんなのあんまりだよ。

悔しい気持ちは誰よりも私は分かるよ。だって、私はオーディション落ちまくってたし役名が付いたものやＰＶのバックダンサーやったこともあるけど、ほぼほぼ顔でないし。＊スタントダブルばっかり数多くやってきたわよ。それでもこの世界にいられるだけで満足だった。（＊吹き替え、替え玉役者といわれる、演技の一部をほかの人物が成り代わって演じること）

だからこの年でも、すがりついていたかったんだよ。健寿の悔しさや哀しさの感情とリンクした私の頬は自然と冷たく濡れていった。

「健寿、植物状態に戻ったら回復する希望もあるんでしょ？　病院で本当のあなたに会ってくるから留守番していて！」

バタン。

（蓮珠――――――――っ!!）

私は彼の声を振り切って走った。タクシーを拾って車内で心臓の薬を飲み干して脈を落ち着かせた。

20分弱で退院したばかりの病院に再び到着した。

心臓疾患の患者が周りの静止を振り切って走り、ナースセンター前で倒れ込んだなんて本当に迷惑以外の何モノでもない無茶な行動。しかもさっきまで入院していた患者が起こした行動なんて正気の沙汰じゃないことだって分かっていた。

「ちょ、ちょっと！　蓮珠さん、どうしたんですか？　発作おこしちゃった？　付き添いは？」

さっきまで顔を合わせていた看護師のカズくんが慌ててパルスオキシメーターを装着してくれた。

血中酸素濃度は急激に落ちて90パーを切っていた。本来なら救急車を呼ぶレベルで自力で動きまわるのが困難になるはずなのだが不思議と身体が動いた。

こんなところで足止めを食らっている時間はない。

ナースセンターのメイン画面を見ると今日のオペの予定が書いてあった。

心臓移植、心臓血管外科……、えっと、あっ！　あった！　これだ!!

山之内　健寿

病室151A　患者男性47歳　171㎝　67kg

間違いない！

私は部屋番号を呪文のように唱えながら静止するカズくんの手を振り払って病院の廊下を走った。

ナースステーションから一番離れた場所にある見放されたような場所に位置している日当たりの悪い病室。

バタン！

薄暗い病室の中央に無機質に置かれたベッドがあった。

たくさんの管やコンピューター管理の機械に囲まれて眠っている男性がいた。

（健寿……だよね？……、声しか聞いたことなかったけど……、間違いない……。健寿、やっと会えたね）

恐る恐る健寿の顔に触れてみる。指先に感じた感触はひんやりとした無機質な冷たさで、まるで死体に触れたような感じだった。

「まったくキミは、どこまで無茶したら落ち着いてくれるんだ？」

慌てて声の方へ振り返るとあきれ果てた主治医の姿があった。

「彼は脳死状態なんだよ。植物状態と脳死状態の差はキミなら分かるよな？」

私をベッド脇の椅子に座るように促して主治医が説明を始めた。

救急搬送された時には植物状態で回復する見込みはほぼなかった事実。

ドナーカードを持っていて臓器提供の意思を最初から示していたこと。

家族も身寄りもなく天涯孤独だったこと。

「……という訳だ。彼は意思表示をしていたんだよ。だからドナーを藁にもすがる思いで待ち続けている患者に彼の臓器を提供するというわけだ」

脳死状態に陥ってからは時間勝負になる。移植相手も決定している。

「彼の意志を引き継いだ命が助かることを選択して同意してあげるのも愛情だと思うよ？」

主治医の言葉に我に返った。

(健寿の意思を尊重してあげることも愛情)

急に目の前が回り出し暗くなり始めた。今までピーンと張り詰めていた糸が主治医の一言で切れてしまったのだろう。闇に引き込まれる感覚がして私はその場に倒れこんで意識を手放した。

「……うっ…ん、あれ？」

どのくらい経ったのだろう、目を開けたら病室のベッドの上だった。

救急病棟ではなく、一般病室だと認識した私はゆっくりとあたりを見回した。

点滴もソルデムと書かれた特大サイズの電解質輸液と小さな小瓶がぶら下がっているだけだった。心臓系の酸素需要量を増す薬は繋がれてなかったとこを見ると徐脈により失神しただけみたいだった。にしてもさ、本当に薬の名前って変なの多いよね。ソルデムなんてゾンビみたい。にしても何時間、寝ていたんだろうか?

覚醒しきってない頭を軽く左右に振りながら考えてみた。

カーテンを閉め切った病室だと昼間なのか夜なのかすら判断できなかった。

(えっと、退院して一度帰宅したんだったよね……なんで、また病院? 発作でも起こしたっけ? 思い出せない……。なんで?)

悪夢を見た後のような疲労感と、闇に引きずり込まれるような不安感に苛まれていた。

「あら、やっと目が覚めたのかな? 気分はどう?」

肝っ玉母さんのようなナースリーダーのミサママちゃん。膵臓がんから生還した強運のナースちゃんなんだよね。術式もあれこれ主治医に注文つけたり、切り方が下手だと説教したりとパワフルなんだよね。さらに、酒豪！　あんだけ酒飲んでたら、そりゃ膵臓も溶けるわな。

「……まだ、頭がボーっとしてるけど……、なにかすごい虚無感が……襲ってきてる」

ベッドに起き上がる気力もなく、ぐったりした状態でミサママの方にかろうじて頭を向けた。

熱があるわけでも、不整脈を起こしているわけでもなさそうなのになぜか身体が重くて動かない。まるで生命維持するのを拒んでるような感覚だった。

（えっと、私どうしたんだっけ……、退院して帰宅して、それから……えっと、健寿と言い合いみたいになっちゃって……、えっと原因は……なんだっけ）

考えれば考えようとするほど頭に靄がかかってめまいがしそうだった。

こういう時はきっと、現実を直視したくない精神状態なんだろうな。

ミサママちゃんが点滴のルート部分を確認しながら追加で何か薬剤を注入してる。点滴の薬剤の香りが鼻に入ったと思った瞬間深い眠りに再び落ちていった。

6　ソリチュード　〜悪夢と現実〜

（あ、健寿だ！　周りがスモーク効果でぼんやりしている。えっと、野外ステージっぽいね。すっごい規模の会場だね、東京ドーム何個分なんだろう。えっとリハーサルなのかな）

夢と分かっている不思議な夢。

私の購入した物件に座敷幽霊状態で居座って事故物件にしてくれたのは、前のオーナーの山之内健寿。

ダンサー、ショーモデルなどを器用にこなす人物だった。

１７１センチとモデルにしては小柄な身長だったがバランスのいい顔立ちと日本人離れした鼻筋。さらに自分の見せ方を知り尽くしてるから実際の身長よりも大きく見え舞台映えした。

悪戯っ子のようなコロコロと変わる表情。ファインダー越しに彼をのぞき込むとその魅力にすべてのカメラマンが心奪われてしまう天性の魅力の持ち主でもあった。

連日の撮影、打ち合わせで疲れがたまってるだけだと思っていたらしい。極度のストレスから煙草や酒の量が増え続けていた最中、吐血して救急搬送された。

(明日のステージ、俺センターポジションなんだけどな。アンダースタディ誰だっけ……、絶対穴開けれないしな。にしても……、痛み治まらないな)

そんな状況下になぜか救急車の中に一緒に乗り込んでいる私。

額には冷や汗が浮かび上がっていて相当苦しいのが見てとれる状態だった。

それなのに、本番の心配？　身体壊してまで踊って何が楽しいの⁉　アンダースタディだってたくさんいるんだから譲ってあげればいいじゃない。

この時ばかりは自分自身の身体をボロボロにしても舞台に立とうとする健寿の神経や行動が全く理解できなかった。さらに破滅に向かって突き進むような行動しかしない彼に対して心配が怒りに変わっていき、イライラは噴火寸前まで膨れ上がっていた。

「てか、あんたバッカじゃない⁉　吐血するまで酒のんで救急車の中で痛くて苦しいのにステージの心配？　３時間もの長丁場、踊り切れるわけないじゃない‼」

バックダンサーとはいえ、メインアクトを務めるポジションに配置されているわけで、ほぼ全曲踊りっぱなし。下手すると主役より体力を消耗するわけで……。

「バカバカ言うなよ！　その甲高い声で！　フリーのダンサーなんてな、一度舞台に穴開けると声がかからなくなるんだよ！　それが怖くて多少の無茶でも仕事入れるんだよ！　お気楽なカンパニー所属のお前に分かるわけないだろうな！」

青白い顔で必死に反撃してくる健寿、意識を保つのだって辛い状況なのに。

「あら、どこの事務所にも契約してもらえなかった無契約ダンサーがよく言うわ！　一つ分かるのは、あなたが大バカってことよ‼」

私もやめておけばいいのに、夢って分かっているから今まで溜め込んでいたものを一気に放出しちゃってるし、もう止まらない状況になっていた。

「なっ、なっ、なんだって⁉　俺の家勝手に購入しておいて、その言い方はないだろ！　謝れよ！」いつもの穏やかな人格からは想像もつかないくらいエキサイトして声を荒げる健寿。

「勝手にって……、ちょっと……何よ！　その言い方！　私はちゃんと審査に通ってローンも組めて購入しました！　あんたみたいに住所不定有職の幽霊とは違うわよ！」

徐脈の私の心臓が頻脈になるくらい活発に動いてるのが鼓動で分かる。

「あのな！　俺……、死んでいるわけじゃないんだぞ‼　うっ……げほげほっ！」

激しくむせ返ると同時に鮮血が混じってシーツを汚す。

ヤバっ！　赤いじゃん！　胃？　どっか血管が破裂してる？　アルコール摂取してから結構時間経ってるよね？　通常コーヒーぽい色になるはずなんだけど、出血点どこ⁇　などと変に冷静に考えている私。肺じゃなさそうだよね。

「あの、奥さんですよね？　ご主人、吐血されてますので興奮させないようにしてもらえますか？　安静にさせてあげてください」

なぜか救急隊員の人に怒られる私。なんで怒られるのよ！　なんでよ！

「あのですね、私はコイツの妻ではありません！　独身です！」

一瞬悲しそうな表情になる幽霊というか、元の住人、という表現が正しいのか分からないけど、今も私の自宅に居座ってる同居人。具合悪くて救急車で搬送中なんだよね。言い過ぎたかな、ちょっと反省。吐血して幽霊らしい青白い顔になってきた同居人に話しかける。

「ねえ、現世に未練あるのは分かるけど成仏できなかったらどうなるの？　ずっと私のマンションにいるの？」

健寿は救急搬送されて病院でそのまま帰らぬ人になったのかな？

彼の話を聞いていると、漸く掴んだ夢の舞台に立つ前に虹の国に向かったように思えた。夢と分かっている状態で私たちは救急車で病院に搬送されていった。

不思議な夢だけど、おたがい初めて本音で語り合えたと思う。

周りに薄い靄がかかってきた。救急車のサイレンの音も遠ざかり、搬送されている振動さえも感じなくなってきた。握っている健寿の手も体温を感じなくなってきた。

(健寿……、本当に孤独だった……んだね、懸命に独りで生きてきたんだね)

あっ！　意識が戻ると同時に激しい耳鳴りが襲ってきた。恐る恐る目を開いてみると、病院の白い天井にたくさんの点滴がぶら下がってるのが見えた。体中に心電図のホルダーやらバイタルチェックするための機材がサイボーグのように取り付けられている。

自分の身体に神経を集中させてみると、特に痛みを感じることも苦しさを感じることもなかった。

ズキンッ。

ただ心臓とは別の胸の痛みがあった。

(夢……か……、すっごい嫌な夢だったわ。なんだろう、この虚無感……)

あ！　健寿！　健寿は？

慌ててベッドから起き上がろうとした瞬間頭がクラクラ回り出し、ベッドに倒れこんでしまった。その瞬間に病室内のアラートが激しく鳴り響いた。

「ど、どうしたの!?　蓮珠ちゃん、今度は何をやらかしたの!?」

半ばあきれ顔のナースリーダーのミサママは私のバイタルチェックを素早く終

えると目の前で仁王立ち姿になった。

この人、普段優しいんだけど怒らせると超怖いんだよね。心臓の音が外まで聞こえてきそうなくらい増大してる気がした。

「ご、ごめんな……さい」私は素直に謝った。

「心臓移植は成功したわよ、彼の心臓は別の人の身体で生き続けてるわよ」

その言葉だけ残してミサママは病室を後にした。

(健寿……、きっと無事に虹の国に行けたよね……。ちゃんと存在を誇示できる国にやっと行けたよね？　これでよかったんだよね)

私も一瞬とはいえ虹の国手前？　で三途の川クルーズしたことあるから、向こうはとっても素敵な場所だって自信を持って言える。

きっと、虹の国コレクションでトリを務めるトップモデルになってるよね？

ランウェイを歩く健寿は、すっごいカッコいいんだろうな。

現実を直視し気が抜けた私はベッドに沈み込みこんだ。

もう二度と会えないんだね……、きっと。

7 鬼籍～奇跡の恋人　さよならのかわりに

(連珠、悲しまないで……俺の記憶と必ず再び巡り合えるからね)

びっくりして飛び起きる。健寿の声をはっきりと聞いたような夢。全身から冷や汗があふれている。軽いめまいと動悸を感じるが発作のような怖さはなかった。健寿がそばにいてくれているような安心感に包まれていた。

病室でベッドにいると時間の感覚も昼夜の感覚もなくなる。

薬のせいもあるんだろうけど、たえずぼ～っとしている気がする。

前だったら急いで退院して帰宅したかった。なぜなら待っていてくれる人がいたから。

今は誰もいないし、早く退院する意味もなくなっちゃった。

考えてみれば、一人暮らしする予定で購入したマンションなのにね。

入居した日から幽霊の同居人がいて、話が弾んで毎日が楽しかった。ダーリンと暮らしている時よりも楽しかった。ちゃんと虹の国にいって、ダーリンにも健寿のこと伝えたし、やっと前向いて人生次のステージに行けるって思ったのに。

あのバカ！　さっさとカッコつけのヒーローみたいにドナー提供しちゃって虹の国に行っちゃった。健寿の内臓もらった人は元気に生活できるようになるんだよね。

分かってるよ？　理屈は分かってるし、あなたはすっごい素晴らしいことをしたってね。

でもね、正直さびしいよ。私だけ、何ももらえてないもの。

私だって、心臓悪いんだよ？　毛が生えてるみたいに元気だから分からないだろうけど。

まあ、移植するような病気ではないけどさ。いざとなったらペースメーカーを入れれば済むだけなんだけどさ。

「あら、すっごいふくれっ面してるね？　超ブス顔になってるわよ」

見回りのナースちゃんに声をかけられた。

「むっ！　ちょっと、患者様に対して失礼ね！」

入院患者に対して「ブス」って言うか？　さら〜っと禁句を言っちゃうあたりが、さすがベテランでドクターにも物申すミサママちゃんだね。イメージは某ドラマの失敗しない女医さんみたいなんだよね。身長高いし豪快だし。さらに自分自身も膵臓がんサバイバーで退治しちゃった超人！　そりゃがん細胞も間違った人に取り憑いたって反省して出ていったんだろうね。

「健寿くんのこと……、気にしてる？」

図星だった。彼の身体が切り刻まれてバラバラにされて検体としてたくさんの人に役に立っているのはうれしいことだし誇りに思う。でもね、幽霊でもいいからそばにいてほしかった。

ずっと楽しく一緒に生活したかった……。ただそれだけ。

毎晩見る同じ内容の夢。はっきりと健寿の声とセリフがリフレインする。

（俺の記憶と必ず再び巡り合えるから……）

どういう意味なんだろう？　存在を忘れないでいてねってこと？

それなら安心して大丈夫よ。絶対忘れないから。私、これでもすっごい適応能力あるんだよ？　ダーリンが虹の国に行った時は49日間一緒に暮らしたし、さらに上をいったのが脳死の人の幽体離脱した幽霊と新居でしばらく同棲したことだよ。あなたのことだよ！

「バイタルは安定してきたから、少し可愛い顔に戻ってきたわね。ちょっとお話しできるかな？」

ミサママが私のベッドサイドに腰かけた。思ったよりボリュームのある体形で、私は足を踏まれないようにできるだけ端に移動した。

「本当は禁止されているんだけど、蓮珠ちゃんは健寿くんの家族じゃないから大丈夫ってことでね。私の独り言を聞いてね」

家族じゃないって……、確かにそうですけど？

入籍していたわけじゃないし、赤の他人だし……でもね、私は家族になりたかったんだよ。

こんな時に、ケンカ売ってますか？　ミサママ!!

私の表情が険しいものになったんだと思う。その表情も見逃さなかった。

「あ、ごめんね。そういう意味じゃないの。ちゃんと説明するね」

内容はこういうことだった。心臓を移植された相手が目覚めて安定し始めたと。心配された拒絶反応もなく、あっさりと融合したと。ドラマのような話でありえないくらい順調に回復してきたと。

「えっと、生体移植手術からどのくらの日数経ったの？」

私の中では1日、長くても1日半くらいの感覚だった。

「すでに10日経過してるわよ」

え？　そんなに経ってたの？　なら、健寿は無事に虹の国にいけてるね。不自由ない生活してるよね？　虹の国エージェントで契約してショーとか出てるのかな。

「蓮珠ちゃんさえよければ、健寿くんの心臓を受け継いだ人が会いたがってるのよ。あなたにお礼いいたいって」

「えっ？」

お礼って、私の心臓あげたわけじゃないし。お礼なんて言われる筋合いないし。

「でも、会いたくない？　健寿くんの命のバトンを受け継いだ人に」

命のバトン……。そうだよね……健寿が望んで臓器を提供したんだものね……。

「家族には絶対伝えてはいけない規則なの。理由は分かるよね。蓮珠ちゃんは家族だけど病院的には、家族じゃないからさ。まったく関係ない赤の他人がアホなナースのちょっとした確認ミスで、レシピエントに会っちゃったってことにしちゃうけど」

この人、考えることもやることも大胆不敵というか豪快すぎて言葉も出ない。でも、涙があふれてミサママの顔が見れなくなっていた。

ありがとう……。ばれたら…ミサママだってコンプラの問題でかなりヤバいことになる。

それなのに…それなのに……。

命のバトン……。

(蓮珠、俺の記憶にゆっくりと触れてね……その人は、キミと同じ翡翠のバングルを身に着けている。だから、すぐにソウルメイトって感じるはずだよ……怖く

ないから……翡翠がキミを守るから）

明け方に観た夢のような現実のような健寿の声。

翡翠のバングル？　女性なのかな……心臓移植は年恰好、性別が同じじゃないと適合しにくいって聞いたけど。健寿は繊細だったし心臓が小さかったのかな？ワガママ言う時の態度はデカかったけど。

翡翠……私には肌身離さず身に着けている翡翠のバングルがあった。

魔除けの意味で身に着けて15年くらいたつ。

私の人生と一緒に旅をしてきたバングル。あれこれ考えながら再び深い眠りに落ちていった。

消灯時間を過ぎた病棟は静まり返って入退院を繰り返している私でも世の中から断絶され置いてきぼりにされた孤独感に苛まれるメンタル急降下タイムでもあった。

コンコン。

ドアをノックする音とともにミサママが入ってきた。

「しぃーっ！　静かにして！　こっちこっち静かにね」

確かにナイショにしたいのは立場上分かるけど、あなたの170センチ近い身長と南米系女性のようなゴージャスな体形は小さく見せようとしても無理だって。

さらに、ナイショ話なんだろうけど声デカすぎ！

2人でゴニョゴニョと笑いこらえながら廊下を静かに歩いていった。

南側の日当たりのいい個室にその人は入院しているらしい。

名前プレートを読むと「中野健一」と書いてあった。

えっ？　名前からいって男性だよね、彼が健寿の心臓を引き継いだ人なんだね。

「蓮珠ちゃん、私が付き添えるのはここまで。あとは、あなたしだいよ。健一さんと話したければ病室に入ればいいし、いやなら自分の病室へ戻ればいいのよ」

それだけ言うとミサママは足早にナースステーションに引き上げていった。

その場に残された私は、名前プレートを見つめながら深く深呼吸をした。

（蓮珠、無理しないでいいよ……怖いなら戻っていいから）

健寿の声が聞こえた気がした。彼の心臓を受け取った人と会うのも怖かったけど、会わずに逃げるほうが後悔しそうだったので勇気を出して病室に足を踏み入れた。

ベッドに近づいてみると、色白で何とも形容しがたい奇抜なヘアスタイルの男性が静かに横たわっていた。

生体肝移植をしたとは思えないくらいきれいな肌をしている。穏やかな表情で寝息をたてている男性。

「う…うぅ…んっ」

私の呪いにも似た視線を感じたのだろうか？　眉間にしわを寄せうっすらと目を開ける。

「…う…うぅ…ん、もしかして…蓮珠さ…んかな？」

心地いいテナーの温かみのある声。

「あ、あの、はい…そう…ですけど」

いきなり名前を呼ばれたうえになんて答えていいのか分からず、無愛想に返事をしてしまった私。

感じ悪いよね。でもね、私だって健寿の命を奪った人を目の前にして平然としていられるほどできた人間じゃないもの。あっ、命を奪ったっていうのは言い方悪かったわね。

健寿が命のバトンで、生命を繋いであげた人だったね。彼の願いだったものね。

「俺のこと……、恨んでいる…よね？」

えっ？　何を言ってるの？　この人…私の態度ってそこまで悪かった？

「えっと……あ、あの…その…そ、そんなこと…ない…ですけども」

やっぱりだめ！　初対面の人だけど…なんか…やっぱり…涙が……。

ついでに不整脈も、ちょっとはじまっちゃった……みたい。

（…くっ、くるし…いっ。うぐっ…んっ…ヤバっ）

嫌な冷や汗が背中に落ちる。

「あっ、だ、大丈夫？　蓮珠…さん…ちょっちょっと…ナース呼ぶから」

ナースコールを押そうとする健一の手を必死に制止する。

だってまったく面識のない人の病室で私が倒れてたら、ミサママにも迷惑かかるし、なにより健寿が悲しむ、ていうか怒り狂うに違いない。

意識が遠くなってくる…やばい…せめて、病室から…出ないと、健一さんにも…迷惑かかる。

自衛隊並みの匍匐前進(ほふくぜんしん)してでも外に出なくちゃ。

「えっ!?」

次の瞬間、背後から伸びた腕で抱き留められた。

それが健一の腕だということに気がついたのは気を失ってしばらくしてからのことだった。

「キミ、大丈夫…かな？　まだ、苦しい？」

細いしなやかな腕なのに力強さがあり生きてるって感じさせるようなぬくもりがあった。

「ご、ごめんなさい。びっくりしたよね？　私も、心臓悪くて……、たまに発作でるんだ」

生体肝移植をして間もない患者に抱き留められたうえに、発作の心配をされてる私って、本当にしょうがない奴だなと深く反省。

「俺も心臓に爆弾抱えてたから不安な気持ち分かるよぉ〜。おかげさまで今は怖さが消えてる」

たしかに健一の顔色は、この人どこ悪いの？ってくらい健康色に見える。

点滴もルート確保用の輸液だけだし、トイレも自力で行ってるみたいだし。

超人だよね。他人の心臓ぶら下げておいて拒絶反応とかないわけ？

あああ〜ダメダメ！　彼に否定的な気持ちを持っちゃ失礼でしょ！　ダメ!!

「ねえ、俺の心臓の音聞いてみる？」

いえいえ、お気遣いなく！　音聞かなくてもモニターで波形は見れているし、不整脈も起きてないし私よりよっぽどいい状態っていうのは一目瞭然よ。

それに、心臓の音を耳で直に聞いたら、この人の首しめて呪い殺しそうだもの。病院殺人事件なんて新聞にでたら大変だわ。

「えっ!?　ちょっちょっと、何するのよ！」

半ば強引に心臓の鼓動を聞かされる体勢に抱きかかえられた。傷口が開いたらどうすんのよ、と半ばあきれ顔の私のことなどお構いなしに、にやりと不敵の笑みを浮かべる健一。

なぜか健寿の愛用の香水(ランバン)の香りが鼻腔をかすめた気がした。

彼と同じような体温、少しだけ細い華奢な体つき。手術痕が痛々しく視界に入ってきた。

規則正しく刻むリズム、たまにレゲエやワルツに拍子がブッ飛ぶ私の心臓の鼓動に比べて健一の回復力は著しいものだと実感した。

手術から2週間くらいしか経ってないのに傷口はきれいにふさがってきてる。どんだけ強力な血小板が活躍してるのよ。

それより驚いたのは健一の身体に描かれた手術痕以外の模様だった。

「あ、あの……、これってさ、入れ墨？」

「びっくりしたかな？　全身に彫ってるからね俺。おかげで先生が若干縫い方汚くても分からないよねって笑ってたよ」

よーく見ると心臓の傷の部分も墨と絡んできれいに仕上がってる。

私の執刀医に見せてあげたいくらいの出来栄えだわ。私の傷はゲジゲジ模様だもの。

じぃーっと食い入るように見ていたんだと思う。タトゥーを刺れてる仲間は多数いたけど、みんな仕事に支障がないくらいのワンポイントがほとんどで、ここまで存在感をアピールしたデザインをしている人を間近で見たのは生まれて初めてだった。

「これはね、トライバルっていう種類のタトゥーなんだよ。部族の伝統だったり、精神的信仰だったり理由はさまざまなんだけどね」

そっと指で触れてみると墨の入ってる部分だけ、幾分肌が盛り上がってる感じがする。

怖さはなく、温かいぬくもりが伝わってくる。

健一は自分のブランドを持っているファッションデザイナーらしい。

彼のコンセプトは「死と再生」でトライバルのタトゥーの意味合いにピッタリだった。

「死」は終わりではなくて「再生」するための準備であり再び巡り合える「輪廻転生」のための猶予期間。それを表現したデザインのファッションを手掛けていたらしい。

インスタにアップされてる彼のデザインはどれも奇抜なんだけど、どこか人間味に溢れた温もりがあって共感できるコンセプトだった。

「不整脈、おさまったみたいだね、よかった」

私の頭を優しく撫でてくれる男性にしては小さな細い手。なんとなく健寿に似てるな。

えっ!? 腕! ちょっと見せて!

私は、とっさに健一の腕を掴んでいた。

ビックリした表情をした健一だったが静かに腕を見せてくれた。

腕まで描かれたトライバル模様の先端には、リング状の模様が施されていた。

ちょうど私の翡翠と同じサイズくらいのバングルタトゥー。

(蓮珠、俺の記憶にゆっくりと触れてね……。その人は、キミと同じ翡翠のバングルを身に着けてる)

健寿の声が頭の中でリフレインする。あまりの驚きで声が出ない私。

「蓮珠、やっとキミに触れることができたね。俺が誰だか分かったかな?」

健寿? だって、あなたは中野健一さんでしょう?

「な、なにが起きてるの? だって脳死状態だった健寿の姿は確認してるよ? それにあなたは健一でしょ? 心臓移植したら記憶が残ってたっていうのはテレビで見たことあるけど、まさか……、そんなこと…本当に?」

もう何が何だか分からなかった。頭の中がぐちゃぐちゃになってきていた。

「こらっ！　今説明するから一気になんでもやろうとするのはお前の悪い癖だぞ」

口調が健寿だった。声は違うけど、話す内容や私を落ち着かせようとする優しさは彼そのものだった。

「まず、俺は脳死で健一に心臓を提供した。虹の国に行ってゲートで神様に嘆願書を出したんだ」

ぷぷぷ、嘆願書を出せるなんて虹の国って面白い制度があるのね。

「へぇぇ、そんな制度があるんだ。健寿はなんて書いたの？」

まったく、こいつはすぐに興味深々になるんだなってあきれた表情になる健一？　健寿？　もうどっちでもいいわ。

「健一に心臓をあげる代わりに、俺の記憶を彼の新しい人生とリンクさせてくださいって頼んだんだよ。健一は特発性拡張型心筋症という病気でね。自身の心臓を攻撃する抗体ができてしまう免疫異常が拡張型心筋症の発症原因の一つだったんだよ。動悸困難、呼吸困難が運動時に出るところから始まって、症状が進むにつれ安静時にも出現してパニックを併発するんだよ。どんどん心機能が低下して急死するか、血栓が飛んで心肺停止になるか？って状態だったんだよ」

私は健寿の話を静かに聞いていた。

「俺の肉体は植物状態で変化ないし、いずれ生命を維持できなくなる。それなら脳死状態にして蓮珠と過ごせるかもしれない可能性に賭けたんだよ」

もう目の前がぼやけてきて健寿の顔が見えなくなってきていた。

「健寿のバカ!!　いつだって相談なく自分で勝手に決めて行動して！　どんだけ私が寂しい思いしたと思ってるのよ！」

安定した心臓の鼓動が聞こえている。私とあまり変わらないくらい痩せてる細い腕。偶然とはいえ翡翠のバングルが刻まれている腕。

「もう……、泣かないでいいよ？　こうやって現世で巡り合えたんだから。俺、来世まで待てなかったんだよ。健一として舞い戻ってきたんだよ」

虹の国ゲートまで行って、虹区役所で住民登録しないで嘆願書出してくれて。その場でスマイリー・タカ統括と面接して戻ってきてくれたんだよね。

現世の時間帯に換算すると数時間のことなんだよね。

「虹の国で、ダーリンさんにも会ってきたよ。蓮珠の友人たちにも会ってきた」

え？　先に虹の国に行った仲間たちにも会えたの？　みんな元気だった？

なぜか虹の国介護施設（レインボーホーム）を見学してきたらしい。

チームリーダーの欽ちゃんがTバック一枚で入浴介助してマネージャーの佳代ちゃんに怒られたり、すずめちゃんは毎日出る茶粥が不味いってコック長に文句言ってたり、シュナさんは自室で煎餅焼いてボヤ騒ぎ起こしてるし（笑）ハチャメチャな介護施設だったらしい。

ダーリンと美由紀ちゃんも仲良くラブラブで過ごしてたらしいよ。あ、すでにお小遣い制になっていて無駄遣いできないようにされたってぼやいてたぞ！　さすが美由紀ちゃんだね。

健寿の楽しそうな報告を聞いて、自然に笑顔になっている私がいた。

「ダーリンさんとも直接会って話してきたよ」

何を話したの？　あっ、きっと私の悪口かな〜、無茶しかしないいし、言うことききかないし、鉄砲玉みたいな行動するとか？

「俺は、蓮珠さんを見送ってから虹の国に来ます。あなたが果たせなかった約束を俺は絶対守ります。だから、彼女のことを俺に預けてくださいってね」

ダーリンは、ただ黙ってうなずいたらしい。

そういえば、ちょっと前に夢に出てきたんだよね。

（ハニー、ごめんね。今日は休日だけどボクは出かけるからね）

お出かけ着を身にまとって大きなスーツケースをもってドアから消える夢。

なぜかもう二度と夢にすら出てこなくなるだろうなって感じた不思議な情景だった。

私は泣き笑いをしていた。健一なんだけど、健寿で。健寿だけど健一で。

二度と会えなくなるかもしれない一瞬に賭けてくれた健寿。

健一さんも命のバトンを繋いでくれてありがとう。

健康第一で寿命を全うしなくちゃね！　二人にピッタリの名前だよね。

「蓮珠……お〜い、大丈夫かぁ？」

黙りこくってしまった私を心配するように声をかける健寿。

大丈夫だよ、いろいろ考えてもこんな素敵な現実ないよ。

皆が幸せになっていく。こんなうれしいことないよ。

翡翠のバングルが現世で二人を出会わせてくれた。
「蓮珠、結婚しよっか？」
いつもみたいに冗談交じりに言ってくる健寿。
コイツのこのあたりがムカつくんだよね。照れ隠しもあるんだろうけどね。
まっ、いっか。
私が選んだヤツだものね。いい加減くらいがちょうどいい。
それに人生なんてこの先何が起こるか分からないし。
後悔しないように今を精いっぱい生きなくちゃ！
朝を迎えられることに感謝できるあなたが好き。
命の重さを誰よりも理解しているあなたと生きていきたい。
そして、何よりも私を独りにしないと約束を守ってくれたあなたに感謝。
アイシテイル　あなたの過去も現在も、そして未来もすべて。

エピローグ　～再会の抱擁は永遠に～

自分の胸に手のひらを当てて目を閉じると心臓の鼓動が指先に伝わってくる。
トクントクン……。　規則正しく繰り返す音。
当たり前のことが当たり前じゃなかった日々。
終わりなき悪夢にうなされ続けた日々。
二度と目覚めることができなくなるだろうと眠ることへの恐怖に苛まれた日々。
治療費、生活費など経済的に追い込まれていた日々。
誰も助けてくれなかった……、　誰も手を差し伸べてくれなかった……。
現世と虹の国の狭間で揺れ動いていた感情。
虹の国にいる一番会いたかった人より俺を選んでくれてありがとう。
現世に戻ってきてくれてありがとう。

約束するよ……、絶対に……キミを置いて虹の国には行かないから。

だから、俺と家族になってくれる？

高価な指輪は贈れないけど、俺の身体には永久に消えることのない翡翠のバングルが刻まれているよ。

きっと、これが二人の夫婦の証になるから……。

よく、「死ぬまで一緒」って誓いの言葉を紡ぐけど、俺たちは死んでも来世で生まれ変わってまた一緒になれるからね。初めて会った時から感じた直感。ソウルメイトだったんだと思う。おたがいの魂同士が惹かれあったんだよ。

来世で姿かたちが変わろうとも、必ずキミを見つけ出すよ。

だから安心して今を精いっぱい生きようね。

愛しているから……。魂ごとキミのすべてをね。

キミのソウルメイトの健寿より

あとがき

少子高齢化などが問題視される時代突入。
反比例するように医学の進歩で人生100年当たり前。
健康寿命だろうが病気寿命だろうが、100歳♪　100歳♪
私自身も人生折り返し地点の50代。
一人っ子、独身、親の介護や墓じまい。
ぜ～んぶ自分でやらなくてはならない現実。
現世に在籍してるからには、やらねばならない。
虹の国は福利厚生手厚いんだろうなぁ～。
鬼籍に入る前に現世でご縁ある人と共白髪になれたら幸せ♪
あっ、私の髪プラチナブロンドのメッシュ入りだった！
すでに、白いかも!!　きゃ～!!　急がなくちゃ！
私と共白髪まで添い遂げたい人～手あげて!!
でもね、一つだけ条件があるんだ。

絶対、私より先に虹の国に行かないと誓える人！

２０２４年　５月　吉日

PROFILE

蓮花　*RENKA*

1970年11月18日生まれ、横浜市在住。
不思議ちゃんと周りから言われる存在。
本人自覚ないが、かなりの天然らしい。
自身もガン経験者だが、恐ろしいくらいのポジティブ思考で人生を謳歌中。
趣味は摩訶不思議な創作料理と行き当たりばったりの旅行。
「蓮野貴彰」のペンネームで執筆活動中。

愛の事故物件

発行日　2024年7月7日　初版第1刷発行
著　者　蓮花
発行人　坂本圭一朗
発行所　リーブル出版
〒780-8040 高知市神田2126-1
TEL 088-837-1250
装画/装幀　傍士晶子
印刷所　株式会社リーブル

ISBN 978-4-86338-408-8